Mᵐᵉ AMÉLIA DE BOMPAR

# LA PAPAUTÉ

RÉPONSE

## AU PAPE

### DE M. VICTOR HUGO

PARIS

E. DENTU, LIBRAIRE-ÉDITEUR

15, 17, 19, GALERIE D'ORLÉANS

(Palais-Royal)

—

M DCCC LXXIX

Droits réservés

# LA PAPAUTÉ

M<sup>me</sup> AMÉLIA DE BOMPAR

# LA PAPAUTÉ

RÉPONSE

## AU PAPE

### DE M. VICTOR HUGO

PARIS

E. DENTU, LIBRAIRE-ÉDITEUR

15, 17, 19, GALERIE D'ORLÉANS

(Palais-Royal)

M DCCC LXXIX

# DÉDICACE

## AU T. S. PÈRE LE PAPE LÉON XIII

La Papauté me dit : « Je siége au Vatican.

Le schisme est un ruisseau ; moi, je suis l'Océan.

Dans mon sein je reçois l'eau fangeuse et l'eau pure ;

Le fleuve aux larges bords, à la vaste embouchure,

Disparaît dans mes flots, dans les immensités

De l'insondable abîme aux fonds illimités.

La Papauté me dit : Héritier de saint Pierre,

Du Christ j'eus des pouvoirs pour donner la lumière ;

Son esprit descendit, souffle mystérieux,

Pour nous régénérer, et remonter aux cieux.

Les apôtres, par lui, firent le grand symbole ;

La Papauté redit sa divine parole ! »

AMÉLIA DE BOMPAR.

# A VICTOR HUGO

Il faut avoir la foi pour oser vous répondre.

Mes vers à vos beaux vers peuvent-ils correspondre?

Non, pour ma conscience et ma religion,

Que vous rabaissez trop, je viens sans passion

Dire à ce grand esprit que, malgré sa puissance,

Mon admiration, je prendrai la défense

Que certes, sans vouloir vanter la Papauté,

Elle nous a montré son efficacité.

Du saint nom de Pi Neuf peut-on plaider la cause?

Je me sens si petite! elle est si grandiose!

C'est au nom du Christ mort que j'élève la voix.

J'ose beaucoup, c'est vrai : je marche avec la Croix.

# APPEL AU CIEL ET A LA TERRE

Venez, enfants du Christ, et vous, anges du Ciel !
Venez tous les martyrs, Marie et Gabriel !
Portez vos palmes d'or, joignez-vous à l'archange ;
Réunissez d'en haut la céleste phalange ;
Traversez les éthers pour défendre la foi,
Pour défendre en ces temps et le Christ et sa loi !
Il n'est plus d'unité par la libre pensée,
Ni de croyants : la funeste voie est tracée.
Apôtres de Jésus, saint Jean le bien-aimé,
Venez à mon secours ! Vous avez raconté
Ce récit simple, grand, qu'on nomme l'Évangile.
Au dix-neuvième siècle est-il, hélas ! stérile ?

Enseignements du Christ, vous palpitez encor !
Anges, pour les louer, prenez vos harpes d'or !
Laissez tomber vers moi les plumes de vos ailes :
Je veux chanter aussi les gloires éternelles.

# LA PAPAUTÉ, C'EST LE PARDON

## PAPE ET ROI

Qui l'aurait cru jamais qu'Emmanuel le Grand,

De tout un peuple aimé, régnant en conquérant,

Jeune, robuste, fort, paraissant plein de vie,

Serait avant Pi Neuf pleuré par l'Italie?...

Tout paraissait lugubre autour du Quirinal ;

Une sourde rumeur disait le roi fort mal :

« Le roi se meurt ! » Et puis on parlait à voix basse,

Pressentant d'un malheur la terrible menace.

On se groupait autour de chaque messager ;

Tout le peuple, inquiet, voulait l'interroger.

Pendant qu'en la stupeur chacun attend, écoute,

Son geste, son regard, ne laissaient que le doute :

Et, traversant le Tibre, allant au Vatican,

La funèbre nouvelle avait pris son élan,

Et Pi Neuf, pâlissant, a montré ses alarmes.

Ému, peiné, surpris, prêt à verser des larmes,

Il ne se contint plus ; on l'a vu qui pleurait

Sur cet Emmanuel qui pourtant le leurrait,

Qui prenait ses États, tous les biens de l'Église,

Et qui du Quirinal avait fait bonne prise !

Le Pape oubliait tout, rempli d'amour divin.

Il regardait les cieux. Élevant cette main,

La main du prisonnier qui bénissait le monde

Jadis sur Rome, il dit : « La prière est féconde ;

Je pardonne, ô Jésus ! vous avez pardonné !

C'est le plus beau pouvoir que vous m'ayez donné.

Je suis le grand pasteur, cette brebis m'est chère ;

Elle est de mon troupeau, je dois agir en père ! »

Est-ce un beau rêve ? Non, il ne le rêvait pas,

Il sauvait l'oppresseur à l'heure du trépas.

Lui, le Pape, il pardonne ! O trop sainte victime !

C'est beau ! c'est noble et grand ! cet exemple est sublime.

Est-ce pour ton bonheur que tu fis l'unité,

Italie! Italie! en pleurant l'équité?

Peuple, monde, univers! le roi reste sans vie!

Avenir, réponds-moi, que sera l'Italie?

# LE CONCILE

Pour arrêter les maux qui menaçaient l'Église,
Une décision par le Pape fut prise :
Il appelait à Rome et dans le Vatican
Des évêques nombreux, qui siégèrent un an.
Du fond de l'univers ils s'étaient mis en route
Pour le bien de l'Église et de l'homme qui doute.
Les sceptiques du siècle et l'incrédulité
Faisaient un grand danger à la société.
Il fallait arrêter la pensée en orgie.
Pour le monde chrétien c'était une œuvre pie,
Et tous, silencieux dans le recueillement,
Ils priaient, ils jeûnaient, vivant austèrement ;

Ils demandaient à Dieu l'esprit et la lumière

Pour amoindrir des temps le souffle délétère.

Pour apporter dans l'urne un vote, chaque jour

Dans Saint-Pierre de Rome ils allaient tour à tour ;

C'est ainsi qu'on faisait, c'était l'usage antique,

Et l'orgue harmonieux frappa le saint Cantique.

Éclairés par l'Esprit, à la majorité

Ils avaient défini l'Infaillibilité.

# L'INFAILLIBILITÉ DE LA PAPAUTÉ

Savez-vous ce que c'est l'Infaillibilité ?

Eh ! non, vous ne le savez pas, en vérité !

C'est le pouvoir du Pape et sa prépondérance.

Marchant avec l'Église, il a toute-puissance

Pour nous conduire au bien et réformer les mœurs,

Que sape la pensée aux funestes erreurs.

Par la religion il ordonne et nous mène,

Laissant l'art, la science, où chacun se démène

Pour trouver l'inconnu. D'une solution

L'un cherche le secret, la révélation

D'une étoile nouvelle, un soleil qui se lève,

Puis un autre immobile... un monde que l'on rêve !

Eh quoi ! vous, celui-ci, celui-là, ce docteur,

Cet ignorant ou ce savant supérieur,

Pourraient juger la Bible, au texte difficile,

Mystique, grand, profond, ainsi que l'Évangile !

Tous en sauraient l'esprit ! C'est bien là notre orgueil !

De la libre pensée il a montré l'écueil.

Les divagations que nous voyons sans cesse

Prouvent qu'il vaut bien mieux écouter leur sagesse

Vous dites que le Pape est comme nous pécheur ;

Mais vous avez raison, il a son confesseur.

Il ne faut pas confondre avec notre matière

L'Esprit, non : cette erreur serait trop singulière.

L'enseignement du Christ donne à la Papauté

Ce droit fort, imposant, l'Infaillibilité.

# L'INFAILLIBILITÉ DU MAGISTRAT

## L'ÉCHAFAUD, LE PRÊTRE

Quoi ! cet homme a tué, vous ne voulez qu'il meure !
Que sans aucun remords il reste en sa demeure !
— Le pauvre homme, s'il a tué, c'est pour l'argent,
Dont il a grand besoin... Il était indigent !
— De dix coups de couteau sa victime est percée ;
Du tranchant de sa hache une autre est trépassée.
L'un a tué son père et l'autre son enfant ;
Entre deux matelas il allait l'étouffant ;
Et cette autre martyre, après l'avoir blessée,
Elle n'était pas morte, il l'avait dépecée.
Il tremble, l'affreux lâche, alors qu'il va mourir !
Il avait le bras sûr lorsqu'il les fit périr.

Au jury réuni le Code est inflexible ;
Signant l'arrêt de mort, le juge est infaillible.
Homme, tu disparais devant le magistrat ;
La loi forte punit, frappe le scélérat.
Malheureux ! quels pensers t'ont fait commettre un crime?
Tu ne croyais donc pas marcher vers un abîme?
Cette idée est affreuse, un homme est au bourreau !
Qu'un bourreau soit un homme aiguisant le couteau,
Regardant bouveter tous les bois de justice
Et hisser le tranchant sans que son front pâlisse,
Malgré l'épouvantail, il est des assassins !...
Tremblez, humanité ! sonnez, tristes tocsins !
L'homme agonisant marche, on va trancher sa vie
En deux ou trois moments, et le crime s'expie !
Le couteau tombe ! il meurt. La mort ! l'éternité !
Mort hideuse, sanglante, en sa lividité !
Quel funèbre spectacle ! Et l'on dit que la foule
Avide vient, accourt, compacte, se déroule !
Voilà l'horreur ! Que vas-tu voir vers l'échafaud ?
Un vivant mort, cruelle ! On crie, on fait l'assaut,

On parle, on compte l'heure, on rit ou l'on écoute ;

Le peuple impatient distille goutte à goutte

La sueur de ce mort!... Sceptique raffiné,

Cherche l'émotion!... Voici le condamné!

Eh bien ! moi, je le plains lorsque je vois le prêtre

Qui lui parle bien bas, le soutient, et peut-être...

Cette âme repentante a demandé merci,

Grâce ! Le Christ entend du cœur ce dernier cri.

# L'INFAILLIBILITÉ

## DE LA BANQUE DE FRANCE

Un monsieur vint chercher à la Banque de France
En or, cent mille francs,—et voyez donc sa chance !—
En recomptant chez lui, de mille francs de plus
Elle avait fait erreur. L'homme, plein de vertus,
Prend vite le billet, court prévenir la Banque.
« Monsieur, que ce soit trop, ou si l'argent vous manque,
La Banque, sachez-le, ne se trompe jamais. »
On ferme le guichet. « Eh ! Monsieur... pourtant... mais...
Et si quelqu'un disait : « Cela n'est pas impossible !
La loi le veut ainsi, la Banque est infailllible! »

# LA PAPAUTÉ, C'EST L'UNITÉ

Des grands maux de ce siècle il faut frapper l'esprit ;
Notre société s'abaisse et dépérit.
De nos mœurs relâchées si l'on cherchait la cause,
Dieu ! qu'on verrait l'orgueil primer à forte dose !
Chacun voudrait avoir une religion
A soi, pour soi : c'est bien. La contradiction
Déplaît à tous : c'est vrai, chacun a du génie ;
A Dieu l'on ne croit plus : c'est la grande manie.
L'un montre un esprit fort : par l'enfouissement
Il se fait enterrer — c'est neuf — civilement ;
Il est libre penseur — la pensée est nouvelle ; —
Elle a fait du chemin. Cet homme se révèle,

Et sa religion, est de n'en pas avoir.

La chair est tout pour lui : là finit son espoir ;

L'âme, le corps, l'esprit, même l'intelligence,

Dans le ver du tombeau terminent l'existence.

Pour faire une hérésie il faudrait croire en Dieu :

Ils n'ont pas ce foyer pour allumer leur feu.

Luther, Calvin, Servet, et vous, Savonarole,

Savez-vous du penseur l'orgueilleuse parole ?

Voltaire a dit lui-même, on n'en saurait douter :

« Si Dieu n'existait pas, il faudrait l'inventer. »

Le croirait-on, vraiment, dans le siècle où nous sommes,

Que l'on rabaisse autant le noble état de l'homme ?

L'un, d'un horrible singe a fait l'humanité,

L'autre le fait grouiller d'un cloaque infecté,

Du beau travail de Dieu déniant l'existence,

Niant et sa parole et notre intelligence,

D'un perroquet, d'un tigre, ou bien d'un éléphant

Très perfectionné par le monde savant.

Quoi ! l'homme sortirait d'une bête de somme,

Niant Dieu, Jésus-Christ, Adam, Ève et la pomme !

Malgré ces grands esprits surgissant chaque jour,
Babel est parmi nous, — je reconnais la tour, —
Et l'Évangile est là pour nous servir de guide.
Les apôtres du Christ en ont fait notre égide.
Oui, notre bouclier sera la Papauté ;
Elle est le seul lien de l'esprit d'unité !

# LE PAPE

## DEVANT LA VILLE ÉTERNELLE

Je suis ton prisonnier. Rome, ville éternelle,
Rome, Église du Christ, Rome l'antique, belle,
Superbe, grandiose et sainte, réponds-moi.
L'Antéchrist est venu : dois-tu sauver la foi ?
Lorsque de tes États je fus dépositaire,
Ils ont voulu saper l'Église de saint Pierre ;
Ils ont tout pris, du Quirinal au Vatican ;
Le Panthéon garde la tombe du tyran.
Il ne me reste plus que la grande parole,
Et pour vivre toujours, de mon peuple... une obole !

# LE DENIER DE SAINT PIERRE

MIRACLE DU XIX<sup>e</sup> SIÈCLE

Au sein de ses États Pi Neuf est prisonnier ;
Pour nourrir ses brebis il demande un denier.
On prévint le troupeau que l'Église en souffrance
S'est couverte d'un crêpe et n'a plus d'espérance
Qu'en ses nombreux enfants. Alors, pleins de douleur,
Ils étaient tous venus secourir le malheur,
Donnant, pour soulager la peine du Saint-Père,
Donnant quelques écus pour cacher sa misère.
Du dix-neuvième siècle incroyants et croyants,
Sachez que ces deniers furent si fécondants

Qu'ils traversaient les mers pour nourrir de la Chine

Des enfants que fauchait une horrible famine,

Qu'ils rachetaient aussi le chrétien prisonnier.

On a vu des millions provenir du denier.

Vous avez accompli ce visible miracle

Sous nos yeux, chaque jour, vrai Christ du tabernacle.

# LE PAPE DEVANT L'ARMÉE

Enfants de la patrie, il faut bien la servir ;
Vous allez la défendre et peut-être périr.
Jésus est mort pour nous et pour sauver le monde,
Votre vie est à Dieu ; la vaillance est féconde :
Je viens pour vous bénir, je suis le grand pasteur ;
Je bénis ce drapeau que soutient la valeur.
O soldats généreux ! mourir pour la patrie
Est la plus belle fin de votre noble vie !
Quoi ! la paix éternelle est donc la seule paix,
Puisqu'on fait ici-bas la guerre et ses hauts faits.
Je suis le grand pasteur qui doit bénir le monde :
Je vous bénis, martyrs ; la valeur est féconde.

# LE PAPE



## DEVANT LA GUERRE CIVILE

C'était pendant les jours de cette guerre impie
Où les Français entre eux voulaient s'ôter la vie.
Pour calmer ces fureurs, l'archevêque parut.
Atteint par une balle, en martyr il mourut :
C'est par la charité qu'il tombait leur victime.
Ramenant son troupeau, le pasteur fut sublime !
Pour ses chères brebis il a montré son cœur
Et tout le dévoûment qu'il a pris du Sauveur.
Mais, avant de mourir, il dit : « Je vous pardonné ;
Vous me faites porter du martyr la couronne ! »

Plus tard, quels souvenirs !...Aux jours de nos malheurs
Les mères de ces temps ont versé bien des pleurs !
Pardonnez-leur, mon Dieu ! des crimes exécrables !
Les cieux se sont voilés aux clameurs détestables ;
On les mit contre un mur, également rangés...
En chantant le cantique ils étaient tous tombés !
Tous ces prêtres martyrs furent pris pour otages.
Ces crimes se diront, épouvantant les âges...
Et le Pape priait, étant le bon pasteur,
Sans pouvoir empêcher un aussi grand malheur !

# *URBI ET ORBI*

## LA BÉNÉDICTION PAPALE

Jésus, s'humiliant aux pieds de ses apôtres,

Leur a dit : « Aimez-vous et les uns et les autres. »

Au moment de périr sur la divine croix :

Pardonnez-leur, Seigneur! dit l'expirante voix ;

Ne suis-je pas venu pour expier leur crime?»

Alors, au Vatican, c'était l'heure sublime !

Le Pape vient donner sa bénédiction

Au peuple agenouillé, rempli d'émotion.

Élevant cette main qui va bénir le monde,

Je bénis l'univers. Que le paix soit pofonde.

Sainte Religion, Jésus l'a faite ainsi.

Vous êtes pardonnés *et urbi et orbi.*

# LA FÊTE A DIEU

Aujourd'hui c'est la fête, enfants ; allez à Dieu ;

Portez tous les parfums de votre premier vœu.

Les cloches se joindront à vos touchants cantiques.

Les lumières, l'encens aux orgues magnifiques.

Laissez venir à Dieu tous les adolescents ;

Ils ont le front si pur ! leurs cœurs sont innocents.

Ils garderont longtemps de ce jour mémorable

Le bonheur radieux, la joie inénarrable.

Souvenirs de l'enfance, oh ! que vous êtes doux !

On a vu bien souvent des pères, à genoux,

Se rappeler encor ces beaux jours de la vie,

Et ces jours oubliés reprenaient leur magie.

Aujourd'hui c'est la fête ; enfants, allez à Dieu ;

Portez tous les parfums de votre premier vœu.

# ENCORE A VICTOR HUGO

Vous ne croyez donc pas que notre premier père
De ce beau paradis fut chassé sur la terre,
Pour avoir trop suivi de l'ange révolté
L'avis pernicieux, d'avoir été tenté,
D'avoir désobéi, d'avoir mangé la pomme ?
Mais ne voyez-vous pas le triste état de l'homme,
Que Dieu faisait si grand, qui s'est fait si petit ?
Par amour pour son Fils, Dieu ne l'a pas maudit.
Quoi ! vous ne croyez pas à la Vierge Marie,
Et tout cela, pour vous, est de l'idolâtrie !

Vous qui parlez si bien à vos petits enfants,

Pour les rendre plus doux lorsqu'ils font les méchants,

Je leur dirai : « Jésus est né dans une crèche.

O le pauvre petit ! » Je n'ai pas l'âme sèche,

Et je suis attendrie au choix de ce berceau.

Vous ne trouvez rien là de magnifique et beau

Et l'étoile au zénith qui trace à chaque mage

La route qu'il doit prendre afin de rendre hommage

A cet enfant tout nu parmi les animaux,

C'est bien le fils du Dieu qui fit les passereaux !

Lorsqu'aux petits enfants on raconte ces choses,

Et puis, qu'on leur fait voir les beaux Jésus tout roses,

Ils comprennent très bien qu'un Jésus en carton

N'est pas le vrai Jésus, que ce petit mouton

N'est pas le naturel, s'il a des yeux de verre ;

Si Jésus est en cire, au siècle de lumière,

De l'image et du vrai pouvait-on se tromper ?

Cette innocente image, il faut la rejeter :

Au jour des grands progrès, c'est un vrai vandalisme.

Raphaël, Michel-Ange ont attaqué le schisme.

On comprend qu'un barbare ignorant, bestial,

Adore un Dieu de bois au culte de Baal.

Lorsque de Raphaël je vois les toiles peintes,

Oh ! que j'aime à prier devant ces belles saintes !

Cette Vierge à la Chaise inspira  ses pinceaux,

La belle mosaïque et tous les saints tableaux.

Alors de Michel-Ange il faut briser *Moïse*,

Son *David*, ce *Saint Pierre*. Allons, que tout se brise ;

Car, pour être logique, il faudrait tout nier

Et faire du chef-d'œuvre un immense bûcher !

## ECCE AGNUS DEI

### L'HOSTIE

Et vous voulez encor nier l'Eucharistie,

Ce pain qui nous soutient, ce vrai pain de la vie

C'est là que nous puisons la force et puis l'espoir.

Par elle la vertu remplit mieux son devoir :

C'est par le pain sacré que cette sœur des pauvres

« Remplit sa mission dans Metz et les Hanovres ».

Saint Vincent dans ce pain trouva la charité,

Pour venir au secours de toute pauvreté.

Il allait dans la neige en cherchant une proie,

La nuit. L'enfant trouvé faisait toute sa joie ;

Il le ramassait vite, et, dans son grand manteau,

Il sauvait l'enfant nu de cet affreux tombeau.

Il eut cette pensée en élevant l'hostie !

Ce pain miraculeux, c'est bien l'Eucharistie ;

Ce pain fit les martyrs, la sœur de charité :

C'est le pain de l'apôtre et de la chrétienté.

# PAPE



LIBRES PENSEURS, LIBRES PENSEUSES

Devant le grand parvis de Saint-Pierre de Rome
Des femmes regardaient tout auprès d'un jeune homme.
Le Pape, les voyant, s'approcha lentement
Et s'avança vers eux ; il leur dit doucement :
« Voulez-vous admirer Raphaël, Michel-Ange ?
Voulez-vous voir de Dieu la superbe louange,
La grande mosaïque et les puissants tableaux,
Nos fresques, notre autel, des papes les tombeaux ?

## Une Libre Penseuse.

Nous ne voulons pas voir, nous n'aimons pas l'Église

Et ne voulons pas trop vous causer de surprise.

Sachez que pour de l'or nous vendons notre amour;

Nous vivons dans la joie et la nuit et le jour.

Pape, c'est-il ainsi que tu veux que l'on vive?

Il faut, d'après les tiens, que de tout on se prive.

Nous avons la beauté : qu'importent les vertus!

Du satin, du velours, que voulons-nous de plus?

Si dans la pauvreté ton Dieu nous a fait naître,

Faudrait-il le servir pour nous donner un maître?

Notre mère au travail voulait nous condamner;

Se fâchant, notre père a su nous l'ordonner.

Le pain bis était noir. Il fallait du courage

Pour se lever matin, pour aller à l'ouvrage;

Autrement le maïs, dans la pauvre maison,

Ne fût pas recueilli dans la bonne saison.

Un jour, on nous a dit que nous étions belles

Et que par la beauté l'on avait des dentelles,

De l'argent, beaucoup d'or, même des diamants,

Mais qu'il fallait choisir parmi tous nos amants,

Vieillards aux cheveux blancs, hommes pleins de jeunesse,

Que nous importe à nous s'ils ont de la richesse?

A les ruiner tous nous mettons notre orgueil.

De ces amants tondus nous faisons un recueil.

Dans ces beaux tourbillons nous passons bien la vie.

Il m'en souvient d'un seul: faut-il que je l'oublie?

A son dernier écu, je l'ai vu qui pleurait,

Tandis qu'autour de lui tout le monde riait.

Quel souvenir! hélas! ô mes belles années!

Innocence, jeunesse, à jamais écoulées,

Je me rappelle encor les soleils du printemps,

Lorsque nous allions dès l'aurore à nos champs.

Eh! que sont devenus ces jours de la famille

Où ma mère embrassait sa petite Jeanille?

Tiens! je pleure, je crois, et je sens un soupir

Qui gonfle ma poitrine. Oh! que tu dus souffrir,

Ma bonne et tendre mère, appelant l'infidèle

Que tu ne pouvais plus réchauffer sous ton aile!

Je comprends maintenant tes cris et tes douleurs,

Et mon cœur se déchire en voyant ces malheurs.

Pape, vraiment, j'ai fait un acte détestable...

Je tombe à vos genoux, ce souvenir m'accable.


LE PAPE.

Écoutez-moi, ma fille... Avec le repentir

On peut se relever; je ne dois que bénir.

Il faut vous rappeler que sainte Madeleine

De cendres s'est couverte et vint briser sa chaîne

Aux pieds de Jésus-Christ, renonçant au péché,

Et que sur ses erreurs ses larmes ont séché.

Faites donc pénitence, elle sera féconde ..

Alors, de cette main qui bénissait le monde,

Le Pape la bénit.


LA LIBRE PENSEUSE.

Merci, Pape. Jésus!

Je jette ces bijoux — je ne pècherai plus —

Et tous ces diamants dont la source est impure,

Pour reprendre à jamais ma toilette de bure.

Alors, le front baissé, son cœur était ému ;

Elle sentait déjà l'amour de la vertu...

Quelle joie en mon cœur ! je suis régénérée.

Religion sublime !

LE PAPE.

Oui, cette âme est sacrée,

Car je suis infaillible, ayant la charité,

Bénissant par l'Église et pour la chrétienté !

# LE PAPE



Mon fils, viens avec moi.

L'Ouvrier libre penseur.

     Je n'aime pas le prêtre ;
Je sais que trop souvent il veut parler en maître.
Moi, je ne connais rien : mon bon Dieu, c'est l'argent ;
Si j'en ai dans ma poche, alors je suis content.
Du dimanche au lundi j'aime à faire bombance.
Le riche est bien heureux. Sans travailler, je pense
Qu'il peut passer la vie aussi content qu'un roi.

Moi, qui suis souverain, l'argent me fait la loi.

Encore un peu de temps, nous lui ferons la chasse.

Il faudra bien alors que chaque riche y passe!

Mes enfants sont tout nus, je dors sur un grabat...

Est-ce que vous trouvez que c'est un bel état?

Pape, que faites-vous? travaillez-vous pour vivre?...

Vous dites que c'est mal lorsqu'un homme s'enivre;

Selon vous, le dimanche il faut se reposer.

Moi, je dis que ce jour on doit aussi manger.

Est-ce que l'estomac s'endort ou se repose?

Est-ce qu'en mon logis tout est couleur de rose?

L'on y souffre souvent et l'on est en haillons.

Pour éviter ma femme et tous mes marmaillons,

Je le redis encor, lorsque ma poche est pleine,

Je vais fêter mon Dieu : la bouteille est ma reine.

Sous la table je tombe, et, l'estomac repu,

Vraiment, je suis content, parce que j'ai bien bu.

Si je rentre en zigzag, alors ma femme pleure...

Est-ce bien amusant que ma triste demeure?

Ma couverture en laine est portée en été

S ous verre, vous savez, au Mont-de-Piété.

Alors il fait trop chaud dans la triste mansarde :

On peut pendant ce temps se couvrir d'une harde.

Il faut bien qu'on la rende en la froide saison.

Alors les saints Vincents remplissent la maison,

Et puis, la grande dame apporte son aumône.

Mais moi, je ne veux pas que, lorsque l'on me donne,

On dise : « Pauvre femme ! avec un air hautain,

Ne vous tourmentez pas, nous reviendrons demain.»

On la traite en douceur, on a l'air de la plaindre,

Et pour me porter tort elle se met à geindre ;

Mais, lorsqu'ils sont partis, je partage avec eux ;

Je leur laisse le pain, je les rends bien heureux.

Un jour,—je m'en souviens,—c'était trop, je l'avoue,

On m'avait retiré plusieurs fois de la boue,

J'arrive en la mansarde, où ma femme pleurait.

« Tu pleures, mécréante ? » Elle alors se cachait.

« Piff ! paff ! attrape ça ! Quelle femme ennuyeuse !

Enfin, tu ne veux pas paraître un peu joyeuse ?

Est-ce que de moi, dis, tu pris jamais souci

Pour réparer ma blouse et la laisser ainsi ?

Faut-il à tes enfants apprendre la prière ?

Alors, que ton bon Dieu leur ôte la misère ! »

Et tout à coup une dame de charité

Entre chez nous et dit d'un air d'autorité :

« Voici pour vous. » — « Merci, jusqu'au jour du partage,

Que des riches alors on fera bon carnage, »

Disais-je entre mes dents. On portait deux paniers

D'habillements, de pain, de vin et de souliers.

Je pris une bouteille et je me mis à boire,

Tout en la saluant, vous pouvez bien me croire.

La dame veut parler pour me faire un sermon,

Mais elle partit vite et sans objection :

Les robes, les manteaux passaient par la fenêtre.

Lorsque je suis chez moi, je veux être le maître.

Quand viendra le bon temps où je pourrai remplir

Ma poche d'or de ces gourmands, ah ! quel plaisir

De ne plus travailler, d'être toujours en noce !

Je crois que ce jour-là je roulerai ma bosse...

Hein ! Pape, qu'en dis-tu ? Voilà le bel espoir

Que l'on nous a donné; j'espère bien le voir.
Qui ne sera pas gai ce jour-là? C'est le riche.
Que je serai content de lui faire une niche!

LE PAPE.

Un jour tu reviendras... N'es-tu pas ma brebis?
Ma prière est féconde : en priant je bénis.

L'OUVRIER.

O Pape! tes vertus vont pénétrer mon âme!
Je reviendrai peut-être... Honni soit qui me blâme!
Merci, Pape, merci; je m'en vais travailler.
Je sais que mes amis viendront pour me railler.
Je veux qu'en mon logis ma femme soit heureuse...
Pour nourrir ses enfants elle est si courageuse!
Eh bien! je vais l'aider, Pape, car j'ai bon cœur;
Je veux que ma famille ait encor du bonheur.
. . . . . . . . . . . . . . . . . . . . . . . . . . .
Alors, de cette main qui bénissait le monde,
Le Pape le bénit. La douceur est féconde.

# LE PAPE. — L'INFANTICIDE

L'Infanticide.

Pape! que me veux-tu, puisqu'en moi tout finit ?

O jour qui m'as vu naître! oui, sois trois fois maudit!

J'étais heureuse et douce, au sein de ma famille,

Lorsqu'un jour à mon père on demanda sa fille.

Il la promit, hélas! et bientôt les apprêts

Annonçaient le beau jour; mais quels affreux regrets !

Je cédais à l'infâme, exécrable pensée!

Crois-tu qu'il s'est enfui ?... Mon père ma chassée.

Dès ce jour le malheur vint me prendre la main.

Non, je ne pouvais plus échapper au destin.

Mon père fut cruel : ma mère était en larmes,

Et pour sa pauvre fille elle avait des alarmes ;

Mais rien ne put fléchir mon père en son courroux

Lorsque je demandai pardon à ses genoux.

« Non, de mes cheveux blancs je ne veux voir la honte.

Allez, sur chaque front le déshonneur se compte.

Je ne vous maudis pas, remerciez mon cœur,

Je dois sauvegarder votre plus jeune sœur. »

Je pleurais, la voix de mon père était tremblante,

La douleur de ma mère était attendrissante.

Je partis, sans soutien... J'irai dans les déserts

Afin de me cacher au fond des univers.

Au seuil d'une maison j'étais toute pleurante ;

Le maître vint à moi, m'offrit d'être servante.

Pour tout vous raconter, je vais parler bien bas.

Je tremble, j'ai bien peur que l'on suive mes pas.

O Pape ! écoutez-moi; l'horrible confidence

Allégera mon cœur de sa longue souffrance.

Horreur ! le spectre est là, Pape, le voyez-vous,

Qui s'avance à pas lents? Son œil est en courroux...

Enfin il disparaît. Hélas ! pouvez-vous croire

Ce que je vais vous dire? Une nuit, nuit bien noire !

En courant, je portai l'enfant dans la forêt ;

Je creusai de mes mains, le fossoyeur est prêt.

Tenant le nouveau-né, je le mis dans la tombe,

J'enterrai sans pitié l'innocente colombe.

Tout à coup un éclair passe à travers le bois,

Les feuilles bruissaient et me semblaient des voix

Qui murmuraient tous bas ces mots : « Infanticide !

Infanticide ! » Et je fuyais d'un pas rapide.

Je l'ai bien entendu, ces arbres me parlaient,

Ils marchaient sur mes pas, et puis ils tournoyaient

Autour de moi toujours ; l'horreur pénétrait l'âme ;

Et dans les profondeurs je voyais une flamme.

Enfin, en me traînant, je quittai la forêt.

Pour ce pauvre petit que j'avais de regret !

Mais que pouvais-je en faire ? Il fallait, pour qu'il vive,

Mourir de faim tous deux : c'était ma perspective ;

Mais je ne pouvais pas le laisser au chemin,

Pour qu'un passant, ému, le prît au lendemain.

On aurait su chercher pour trouver la coupable.

Infanticide, horreur ! Le remords tue, accable.

J'appelle à moi la mort, qui finira mes maux ;

Avec moi tout mourra. Silence des tombeaux,

Dis moi, quand viendras-tu pour terminer ma vie ?

Là se taira la voix de ce remords qui crie.

Non, je ne crois en rien. Eh ! pourquoi croire en Dieu ?

Infanticide ! entends, je vais quitter ce lieu.

O Pape ! écoute-moi, n'en dis rien à personne.

Qu'entends-je ? à mon oreille une cloche qui sonne :

« Infanticide ! infanticide ! » O le remords !

Glaive poignant, mortel, au cœur toujours tu mords !

LE PAPE.

Vincent de Paul, dis-moi, qu'a-t-on fait de ton œuvre ?

Voilà les résultats de la triste manœuvre

Qui fit fermer le tour : ces petits innocents

Que l'on fait tous périr, pauvres petits enfants !

Quels massacres ! O Christ ! j'ai l'âme bien émue !

La fille était fautive, et la voilà perdue !

Trop malheureuse femme, il faut venir à Dieu ;

3.

Le repentir est là, dans l'âme il prend son feu.

Une larme versée en faisant la prière

Adoucit votre cœur. Jésus fit ce mystère.

Pleurez, oh oui, pleurez, il pardonne au pécheur.

Par la contrition montrez votre douleur.

Demandez à Jésus le pain de l'autre vie.

Vous aurez le pardon, car le crime s'expie;

Mais il faut croire au Christ.

L'INFANTICIDE.

Pape, oui, j'aime ton Dieu !
Sur la dalle à genoux, j'irai dans le saint lieu.

LE PAPE.

Douces larmes du repentir, calmez cette âme,
Donnez-lui du regret la grande et vive flamme.

# LE PAPE ET L'INFIDÈLE

Un jour, de mon mari méritant la colère,

Au lieu de nous tuer, — le cœur est un mystère,

Tout rempli de fureur, il ne se vengeait pas.

Nous croyions tous deux au moment du trépas,

Quand d'un air méprisant il rejeta son arme.

Il dit, sa voix tremblait, jugez de mon alarme :

« Madame, c'est très mal d'oublier vos devoirs.

Vous ne craignez donc pas les sombres désespoirs ?

Vous laissez un berceau, vous n'êtes donc pas mère ?

Vous quittez le bonheur pour un rêve éphémère.

Ce véritable ami, Monsieur, eh quoi ! c'est vous

Que j'aimais tendrement... O restez à genoux,

Vous entendrez tous deux ce que je viens vous dire.

Vous tuer.. c'est trop peu, j'aime mieux vous maudire.

Monsieur, je vous le dis : vous êtes un voleur !

Vous avez pris ma femme en lâche suborneur

Sous mon toit; vous mettez le trouble en ma famille;

Vous enlevez la mère à ma petite fille.

Monsieur, c'est trop infâme, et pour vous en punir,

Eh bien! restez tous deux, c'est là votre avenir.

Avec la honte au front, traînez-vous dans la boue.

Je ne veux pas d'un gant vous soufleter la joue :

Mon gant se salirait de tant de déshonneur.

Vous n'eûtes pas souci de prendre mon bonheur;

Monsieur, je vous méprise ! Il vint dans ma famille

Pourquoi l'ai-je permis? et voilà qu'il gaspille

Le bien de mon foyer. Allez, allez tous deux.

C'est ma seule vengeance, et l'acte est généreux,

Infâmes ! » Il partit. Mon âme frémissante

Eût préféré la mort. Sa parole outrageante,

Plus terrible qu'un glaive et plus froide qu'un glas,

Nous avait atterrés ; et, s'éloignant d'un pas,

Mon amant ramassa cette arme meurtrière.

J'accourus, mais trop tard, son corps gisait à terre.

Il respirait encor : « J'ai dû trancher mes jours,

Dit-il, pour le venger et punir nos amours.

Veux-tu que je supporte autant d'ignominie ?

Il fallait en finir avec ma triste vie. »

C'est affreux ! O douleur, j'eus son dernier soupir !

Il râlait, se tordant. Que je l'ai vu souffrir !

Auprès du corps sanglant je restais désolée.

Enfin, par un retour de mon âme affolée,

J'aurais voulu mourir, et, dans mon désespoir,

Je maudis mon amant et pleurai mon devoir.

Il ne m'aimait donc pas? c'est la mort qu'il préfère !

Et plus je réfléchis, ma pensée est amère,

Mon cœur saignant encor ne demande plus rien.

Mère, sans mon enfant, j'ai perdu tout mon bien ;

La mort est mon désir, ma seule délivrance :

Par elle tout finit, il n'est plus de souffrance !

Comprends-tu ma douleur?


LE PAPE.


Allez, ne péchez plus.

A Jésus revenez, reprenez vos vertus.

## La Femme.

Je suis mère pourtant, je reste sans famille.

Je rougirai sans doute en embrassant ma fille.

Un enfant fait rougir une mère ! O mon Dieu !

Que je suis donc à plaindre ! Oui, mourir c'est mon vœu.

Quels regrets ! quels malheurs ! O mort qui me délivre,

Mort, viens à mon secours ! non ! je ne dois plus vivre.

## Le Pape.

Qui se croit sans péché peut vous jeter la pierre.

Je suis pécheur, ma fille, et je plains la misère.

Ma brebis égarée, allez à votre époux,

Demandez le pardon, mettez-vous à genoux,

Et par le repentir, femme, devenez forte :

Le père de l'enfant vous ouvrira la porte.

L'enfant est innocent, les maux sont oubliés ,

Et vos nœuds dénoués seront encor liés.

. . . . . . . . . . . . . . . . . . . . . . . .

Alors, de cette main qui bénissait le monde,

Le Pape la bénit. La douleur est féconde !

# LE PAPE, LA CHRÉTIENNE

La Chrétienne.

Pape, bénissez-moi. Je n'ai plus de famille ;
J'ai perdu mon époux ; je n'avais qu'une fille,
Je l'ai perdue aussi. Je n'espère qu'en Dieu !
Je viens pour le prier, j'entre dans le saint lieu :
Ma consolation est la douce prière.
Au ciel je vois ma fille, elle me dit : « Ma mère ! »
Je vois ses cheveux blonds, elle me tend les bras ;
C'est l'ange qui m'attend à l'heure du trépas.

## Le Pape.

Agneau, douce brebis ! viens que je te bénisse.

Je vais beaucoup prier pour que ton mal finisse.

Ma fille, prie encor. C'est dans le sein de Dieu,

Dans ce foyer ardent, qu'un chrétien prend ce feu.

Alors, de cette main qui bénissait le monde,

Le pape la bénit. La prière est féconde.

# LE PRÊTRE

### DEVANT LE SACERDOCE ET LA CHRÉTIENTÉ

On veut manger du prêtre, aujourd'hui c'est la mode.

Malgré la liberté, même malgré le Code,

Sa robe est à l'index par les libres penseurs.

Par amour fraternel, ils sont ses oppresseurs.

Hommes! voudriez-vous empêcher que cet homme

Aille à Pékin, Paris, Saint-Pétersbourg ou Rome?

Qu'il soit un commerçant, ou marchand, avocat,

Auteur ou professeur, docteur ou magistrat,

De sa vocation chacun doit être libre :

D'un grand gouvernement n'est-ce pas l'équilibre?

L'air appartient à tous ; passez votre chemin,

Je passe à vos côtés et vous donne la main.

Eh ! monsieur le penseur, fûtes-vous toujours sage ?

Est-ce que votre vie a passé sans orage ?

Tout homme est votre frère et vous devez l'aimer.

Tant pis pour lui s'il tombe, il peut se relever.

Mais, si dans votre cœur vit la haine éternelle,

Est-ce donc un vain mot : Charité fraternelle ?

Lorsque sur nos drapeaux je lis : Égalité,

La patrie est à tous, voilà la liberté.

Ici des opprimés je prendrai la défense.

Aux serviteurs du Christ vous faites une offense,

Je la relève enfin d'un cœur trop courageux

Pour ne pas ramener les irréligieux.

Si je le fais en vers, n'étant pas grand poëte,

C'est pour mieux m'assurer leur superbe conquête.

Un prêtre n'est qu'un homme ; il est humanité,

Il ne peut pas d'un ange avoir la qualité.

Il vient pour enseigner la Bible et l'Évangile.

Lorsqu'il nous émeut tous, orateur très habile,

Vous dites : « C'est l'exemple ici qu'il faut montrer. »
Votre raison est bonne, il doit vous le donner.
Un bon prêtre, sans doute, est un homme d'élite,
Et, lorsqu'au moribond qu'un affreux mal alite
Il vient, à son appel, adoucir sa douleur,
Parler de l'autre vie en disant son bonheur,
On a vu le malade, écoutant ces mystères,
Oublier tous ses maux en faisant ses prières :
Il allait retrouver ceux qu'il a tant aimés.
Un prêtre est bienfaisant pour ces cœurs isolés.
A-t-on beaucoup d'amis lorsqu'on est sans richesse,
En ces temps d'égoïsme et puis de sécheresse?
La mort est assez laide, il faut être chrétien.
Eh ! faut-il donc périr ainsi que meurt un chien?
Vous venez le blâmer de porter la chasuble.
Faut-il que de haillons à l'autel il s'affuble,
Pour conduire un pauvre homme au trou du fossoyeur,
Où pas un seul ami ne dira sa douleur?
Le prêtre qui se voue à ce grand sacerdoce,
Lorsqu'il le remplit bien, dans mon esprit se hausse,

Les beaux habits dorés, il les porte à l'autel,

Devant le Sacrement, pour louer l'Éternel.

Avez-vous rencontré le prêtre dans la rue,

Tout seul se promenant, éclaboussant la vue?

Il a sa robe noire et puis son rond camail;

Le reste est à l'église, appartient au bercail;

Les vêtements brodés sont à la sacristie

Avec les ostensoirs, le ciboire et l'hostie,

Les chasubles, l'étole et la croix d'or aussi.

Vous voulez qu'on les vende, et pour donner à qui?

A la femme perdue, enroulée en la boue,

Qui fait métier du vice et de l'homme se joue,

Qu'on relève aujourd'hui, qui retombe demain;

Prend l'or de la famille ou la tue en chemin,

Arrachant un époux de la maison honnête

Pour traîner à son char la nouvelle conquête?

La mère de famille attend longtemps en pleurs

L'époux qui la délaisse et cause ses douleurs.

C'est pour ces femmes-là que vous voulez qu'on vende

Les biens sacerdotaux! Vraiment, je le demande,

Si plus mauvaise cause eut jamais avocat

D'un aussi grand génie, auteur de tant d'éclat,

Qui vient pour soutenir moins que le demi-monde

Dans ces affreux bas-fonds la plaie est trop profonde.

Est-ce la faute au prêtre ? O je ne le crois pas !

Non, la fille perdue et qui n'a plus d'appas

Peut trouver son refuge auprès des saintes filles

Qui pour les convertir ont quitté leurs familles !

On voit dans sa vertu la sœur de charité

Venir soigner le vice en toute nudité.

Il faut bien respecter cette blanche cornette :

De saint Vincent de Paul c'est la belle conquête ;

C'est elle que l'on trouve au seuil des hôpitaux,

Avec son dévoûment, pour soigner tous les maux.

Croyez-vous que cette œuvre est une œuvre de maître ?

Eh bien ! Victor Hugo, c'est l'œuvre d'un seul prêtre.

Ce prêtre travailla par l'humble charité.

Son œuvre a retenti dans l'immortalité !

# DÉSOLATIONS

Incroyants, devant vous faut-il courber la tête ?

La terre est-elle à vous ? est-ce votre conquête ?

De notre Rédempteur niant l'identité,

Pouvez-vous sans rougir nier la Charité ?

Étoiles et soleils suspendus à la voûte,

Ne brillez plus jamais sur la terre qui doute !

Diamants scintillants, cachez votre clarté !

Cachez au monde ingrat votre chaste beauté !

Si Jéhovah vous dit : Sortez de vos ténèbres !

Maintenant, couvrez-vous de longs voiles funèbres !

Pourquoi rester encor dans le haut firmament,

Dans l'ordre et l'harmonie unis étroitement,

Grands fleuves qui suivez toujours la même voie ?
Sortez de votre lit : la terre est une proie ;
Vos limons fécondants donnaient, chaque saison,
La récolte abondante, une riche moisson !
Terre, ferme tes flancs pour ne plus nourrir l'homme
Qui cherche à devenir une béte de somme !
Il n'a plus de vertu ni d'humaine grandeur,
Et je le vois tomber de toute sa hauteur !
Courbez votre beau front, pur lis de la vallée !
Vous ne recevrez plus la goutte de rosée ;
Les ondes du ruisseau qui coulaient à vos pieds
Ne verront plus mûrir les lourds épis de blés ;
Les jeunes moissonneurs ne noûront plus les gerbes ;
Les papillons nacrés, les grillons dans les herbes,
Tous ceux qui chantaient Dieu lorsque les rayons d'or
Naissaient à l'orient pour monter au Thabor
Se tairont désormais, et la Nature en larmes
Va se plaindre et gémir d'avoir perdu ses charmes !'
Le chantre du bosquet, le tendre rossignol,
Vers les cieux étoilés ne prendra plus son vol ;

Il n'aura plus d'amour, son aile s'est brisée ;

Sa compagne redit sa plainte désolée ;

Tous les oiseaux du ciel, sur la terre abattus,

Aux lions des forêts se verront confondus.

Montagnes, rapprochez vos cimes éloignées!

Torrents, ne roulez plus vos ondes convulsées!

Tourbillons, pics, rochers, précipices béants

Et gouffres, effondrez le monde en des néants !

Hontes! malheurs ! O temps ! tu les laisseras faire !

Dans ta course rapide, es-tu dépositaire

Du grand livre de Dieu? Sans répondre, tu fuis,

Tu marches, tu cours, et nos jours sont enfuis!

Courant mystérieux, tu passes, tu demeures

Immuable, debout, attendant les humains.

Tu les vois tous tomber, les fauchant de tes mains.

Ainsi flétrit la fleur, l'herbe, la marguerite.

La mort est inflexible et nous dit : « Passe vite. »

Hélas! qu'est donc la vie ?... Quelques jours...

Et pourquoi contre Dieu se révolter toujours?

# LE PAPE

DEVANT LA RÉPUBLIQUE

Je voudrais bien savoir ce qu'est la république...
Est-ce un bien, est-ce un mal pour la chose publique ?
Serait-ce le plus beau de nos gouvernements ?
Pourrait-elle éviter les bouleversements,
Et peut-on l'établir sur de solides bases
Sans la nécessité de faire tables rases ?
A Rome, c'est en conclave qu'on a voté
Chaque jour pour obtenir la majorité ;
Aussi d'un grand esprit et d'un prélat très sage
On s'est vite pourvu pour éviter l'orage.
Elle est bien établie, on sait ce que l'on veut,
Comment il faut agir, comment elle se meut.

Elle a toujours vécu, sa base est très certaine.

Ce bon modèle est la république chrétienne.

Le Pape doit rester Pape jusqu'à sa mort,

Ne laissant son troupeau qu'en arrivant au port.

Est-ce ainsi, dites-moi, que l'on agit en France,

Où chaque ambitieux est rempli d'espérance?

Abattons celui-ci pour ouvrir le chemin ;

Peut-être que mon tour arrivera demain.

Voilà par quel moyen peu sage, je le pense,

On n'est jamais tranquille en notre belle France.

Je préfère les rois ; mais vous n'en voulez pas.

J'acclame un empereur, vous le jetez en bas.

Les rois ont fait leur temps. Héritier d'Henri Quatre,

Le trône est à vos pieds, et vous vous laissez battre !

Ce n'était pas ainsi qu'agissaient vos aïeux :

Vous voyez qu'Henri Quatre avait fait beaucoup mieux.

Lorsqu'un si long passé rappelle tant de gloire,

Il est buriné d'or au temple de Mémoire.

C'était le droit divin ; Dieu leur avait donné ;

Le peuple était le fils du père couronné.

La légitimité vit sa tête tranchée ;

Ses implacables fils d'un couteau l'ont fauchée.

Napoléon l'a dit : « L'esprit républicain

Marche très vite en France et fera son chemin.

Mais, si je me trompais, elle serait Cosaque

Et prendrait sans remords du forçat la casaque. »

Il l'avait deviné, compris, Napoléon,

Et les temps sont venus pour lui donner raison.

Mais il faudrait nommer un président à vie,

Connaissant son pouvoir, qui jamais ne dévie.

Croyez-vous que c'est mieux d'être à toujours changer ?

Athénien, nous dit-on, que ce peuple est léger !

Si notre république a les deux pieds d'argile,

Français, avons-nous fait une œuvre bien habile ?

Et pour durer toujours il faut tailler le roc,

Alors dans le granit choisir le plus beau bloc.

# LE PAPE



ET L'ÉGLISE DEVANT LA FANTAISIE


Vous avez fait un Pape à votre fantaisie.

Il n'est pas très chrétien, —l'heure était mal choisie,

Au moment où Pi Neuf étonnait l'univers

Par tant de sainteté, par d'aussi grands revers.

Vous ne savez donc pas tout ce qu'ordonne un Pape ?

La charité sans fin, c'est surtout ce qui frappe,

Et Pi Neuf, pratiquant, eut toutes les vertus

Et tous les dévoûments. Que voulez-vous de plus ?

Vous voulez l'hôpital au milieu de l'église.

La charité chrétienne est beaucoup mieux comprise.

Chaque chose a sa place. On a les Hôtels-Dieu,
Où Je pauvre est choyé. Laissant l'église à Dieu,
Laissez la liberté pour faire une prière
Où l'âme qui s'éteint retrouve la lumière.
Allez-vous à l'église alors qu'il fait bien froid ?
Vous y verrez le pauvre abrité sous son toit,
Se chauffant les deux pieds sur un calorifère,
Et beaucoup ont béni la porte tutélaire
Où le riche et le pauvre, assis au même banc ;
Puis à la table sainte ils sont au même rang.
Avez-vous vu jamais ailleurs cette merveille ?
Pain régénérateur ! victoire sans pareille !
Là, maître ou serviteur n'ont qu'une qualité ;
Ils s'appellent Chrétien. Voilà l'égalité.

# NAPOLÉON

DEVANT LE TRÉPAS ET LA CHRÉTIENTÉ

Lorsque, sur son rocher, cet autre Prométhée

A ses généraux dit : « Messieurs, n'est pas athée

Qui veut : avec un prêtre il faut causer un peu.

Je vais quitter l'exil et rendre l'âme à Dieu. »

Et le prêtre passait, portant le viatique ;

Il mettait sur ce cœur la très sainte relique.

Regardant l'occident, on tirait le canon...

Deux astres se couchaient : Soleil ! Napoléon !

# TABLE

PARIS, IMPRIMERIE JOUAUST, RUE SAINT-HONORÉ, 338

www.ingramcontent.com/pod-product-compliance
Ingram Content Group UK Ltd.
Pitfield, Milton Keynes, MK11 3LW, UK
UKHW021649130726
13696UKWH00004B/1491